幼兒全語文 階梯故事 系列

今晚吃什麼？

袁妙霞 著
野人 繪

小弟弟到郊外去探望叔叔和嬸嬸。
叔叔和嬸嬸看見小弟弟，高興得很。

小弟弟跟叔叔到菜田去，
那裏有很多青綠的蔬菜。

小弟弟跟叔叔到瓜棚去，
那裏有很多不同形狀的瓜。

小弟弟跟叔叔到魚塘去，
那裏有很多游來游去的魚。

小弟弟跟叔叔到雞舍去，
那裏有很多肥肥大大的雞。

吃晚飯的時間到了。小朋友，
你能猜到他們今晚吃什麼嗎？

對了！今天的晚餐，有新鮮的菜、
新鮮的瓜、新鮮的魚和新鮮的雞呀！

導讀活動

進行方法：

❶ 讀故事前，請伴讀者把故事先看一遍。
❷ 引導孩子觀察圖畫，透過提問和孩子本身的生活經驗，幫助孩子猜測故事的發展和結局。
❸ 利用重複句式的特點，引導孩子閱讀故事及猜測情節。如有需要，伴讀者可以給予協助。
❹ 最後，請孩子把故事從頭到尾讀一遍。

封面
1. 小弟弟和叔叔嬸嬸準備做什麼事情？請說說看。
2. 請把書名讀一遍。

P2
1. 小弟弟去探望叔叔和嬸嬸。從圖中看來，叔叔和嬸嬸住在哪裏？
2. 叔叔和嬸嬸看見小弟弟來了，心情怎樣？請說說看。

P3
1. 小弟弟跟叔叔來到什麼地方？菜田裏滿是什麼？
2. 叔叔在做什麼？你猜他為什麼要這樣做？

P4
1. 小弟弟跟叔叔來到什麼地方？瓜棚裏滿是什麼？
2. 叔叔在做什麼？你猜他為什麼要這樣做？

P5
1. 小弟弟跟叔叔來到什麼地方？池塘裏有很多什麼？
2. 叔叔在做什麼？你猜他為什麼要這樣做？

P6
1. 小弟弟跟叔叔來到什麼地方？雞舍裏有很多什麼？
2. 叔叔在做什麼？你猜他為什麼要這樣做？

P7
1. 叔叔帶小弟弟回家了。看看圖中窗外的天色，你猜現在是什麼時候了？
2. 嬸嬸在忙什麼呢？你猜他們今晚吃什麼？

P8
1. 你猜對了嗎？今晚嬸嬸做了什麼可口的菜餚呢？
2. 這些食材是從哪裏來的？為什麼我們說這些食材「新鮮」呢？

說多一點點

唐詩 憫農（其二）

作者：李紳

鋤禾日當午，
汗滴禾下土。
誰知盤中飧[1]，
粒粒皆辛苦。

宋詩 夏日田園雜興（其七）

作者：范成大

晝出耘田夜績麻，
村莊兒女各當家。
童孫未解[2]供[3]耕織，
也傍桑陰學種瓜。

① 飧：粵音孫，指煮好的米飯。
② 未解：不懂。
③ 供：從事。

字卡

❶ 把字卡全部排列出來，伴讀者讀出字詞，請孩子選出相應的字卡。
❷ 請孩子自行選出多張字卡，讀出字詞並口頭造句。

請沿虛線剪出字卡。

叔叔	嬸嬸	那裏
青綠	蔬菜	瓜棚
形狀	魚塘	雞舍
肥大	時間	新鮮

幼兒全語文階梯故事系列
第5級（挑戰篇）

《今晚吃什麼？》

幼兒全語文階梯故事系列
第5級（挑戰篇）

《今晚吃什麼？》

©園丁文化

幼兒全語文階梯故事系列
第5級（挑戰篇）

《今晚吃什麼？》

©園丁文化

幼兒全語文階梯故事系列
第5級（挑戰篇）

《今晚吃什麼？》

©園丁文化

幼兒全語文階梯故事系列
第5級（挑戰篇）

《今晚吃什麼？》

©園丁文化

幼兒全語文階梯故事系列
第5級（挑戰篇）

《今晚吃什麼？》

©園丁文化

幼兒全語文階梯故事系列
第5級（挑戰篇）

《今晚吃什麼？》

©園丁文化

幼兒全語文階梯故事系列
第5級（挑戰篇）

《今晚吃什麼？》

©園丁文化

幼兒全語文階梯故事系列
第5級（挑戰篇）

《今晚吃什麼？》

©園丁文化

幼兒全語文階梯故事系列
第5級（挑戰篇）

《今晚吃什麼？》

©園丁文化

幼兒全語文階梯故事系列
第5級（挑戰篇）

《今晚吃什麼？》

©園丁文化

幼兒全語文階梯故事系列
第5級（挑戰篇）

《今晚吃什麼？》

©園丁文化